KB109862

역사의 이정표

역사의 이정표

발행일 2023년 4월 17일

지은이 이현정
펴낸이 손형국
펴낸곳 (주)북랩
편집인 선일영 편집 정두철, 배진용, 김가람, 윤용민, 김부경
디자인 이현수, 김민하, 김영주, 안유경, 최성경 제작 박기성, 황동현, 구성우, 배상진
마케팅 김회란, 박진관
출판등록 2004. 12. 1(제2012-000051호)
주소 서울특별시 금천구 가산디지털 1로 168, 우림라이온스밸리 B동 B113~114호, C동 B101호
홈페이지 www.book.co.kr
전화번호 (02)2026-5777 팩스 (02)3159-9637

ISBN 979-11-6836-842-2 03810 (종이책) 979-11-6836-843-9 05810 (전자책)

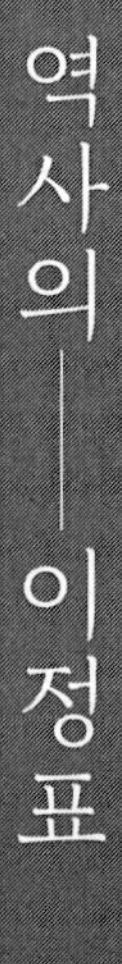

이현정 열여섯 번째 시집

목차

제 5 회

제 6 회

제7회

제8회

제 11 회

제 12 회

제 1 회

새봄
바람의 흔적
역사의 이정표
촛불 이야기
기술 비상
생동감
기후 위기
자기관리
인생 수업

새봄

동장군 눈물 같은 고드름이 사라지자
눈을 감으면 앞당겨지는
봄이 보인다.

겨울의 끝은
창틀 속에 갇힌 생각에
수액을 꽂고

새싹의 매력에 빠진
나들이 삼매경은
봄을 남발하는 매화 향기 되었어라.

바람의 흔적

사랑하고 시샘하고 아파했어도
욕심이 없어
거덜 날 일 없었나 보다.

다시 못 올 꿈을 꾸거나, 그러다 말거나,
아랑곳 않는 볼거리가
숙제로 살아남은 바탕임에도.

인류사를 곁들인 바람의 흔적은
대물림되는 세월 못 잊어
자리를 지키는 조상의 얼만 같다.

역사의 이정표

제자리 예절은 자연을 일깨우고
돌고 도는 계절은 순리를 따라도

절기는 때마다 새로워
살기 바쁜 군상들의 속성이 나부낀다.

환경을 연출하는 햇살처럼
인간이 아름다운 이유로

숨 쉬는 역사의 이정표 앞에
가능성이 가진 나를 느껴보자.

촛불 이야기

홀로 고심하는 중에
절로 드러나는 심지가
물과 불의 자초지종을 머금었다.

분위기를 독점한
촛불을 보노라면
사람에 취한 이야기가 흘러나오고

인연을 아우르는 그 어디쯤에서
침묵을 밝히는 빛의 의지가
본성을 굳히는 혼불로 다가온다.

기술 비상

인공지능 합성이
시대의 총아로 받아들여지면서

기술혁신이 멜빵을 멘 현장에
드론은 갖은 위험을 대신하고

로봇은 권역을 넓히면서
현란한 색깔을 갈아입는 추세다.

설 자리를 잃을세라 갸우뚱한 인성이
만성적인 무대에 오를까 그것이 두렵다.

생동감

침묵은 오로지 나를 향해 있고
생동감은 제각각인 행방에 있다.

멀리 가고 싶고
널리 보고 싶고

안달하는 열정이
혈액 순환을 돕고

공중제비 도는 일상이
시간에 맹목적인 시계추 형국이다.

기후 위기

'나무 살려!'를 외치는 돌풍이 분다.

소리에 노출된 잎새는 울고
늠름한 가지들은 휘어진다.

기후 위기를 실감한 우리의 안녕은
탄소 배출량을 근심하고

들숨 날숨 숨 쉬는 생태계 반응에는
검은 비 오시련다.

먼발치 사연이 바로 지구촌 사정이다.

자기관리

세상살이 힘들다고
허술한 구석을 어물쩍 넘길까 봐

서러움이 냇물처럼 흘러도
조약돌 노닐 듯하지요.

저녁 으스름을 고비로
낙동강 오리알 처지에 놓였어도

어둠에 물들지 않고
빠져나온 아침처럼 태평하지요.

자기관리가 지나쳐
망각에 묻힐지언정 허술하리까.

인생 수업

빈 곳을 채우는 자연이나
번식을 노리는 생명 여정 가운데
영혼을 보듬은 보석 같은 존재가
우리네 인생이다.

몸을 불리고 세를 늘리고
신호를 읽고 담을 쌓지만
서로를 넘지 않는
최소한의 배려가 무리를 이끈다.

산을 오르는 기상과 함께
바다를 오가는 기량이
늙고 병들기 마련인 줄 설마 몰랐을까.
미래를 책임진 지구 건강이 인생 수업 차지다.

제2회

길잡이 정신

바야흐로
저출산 고령화 시대 흐름이
세계화 추세에 그림자를 드리운다.

아쉽고 안타까운 우려 속에
행렬은 줄어들고
광장은 날로 목마른 모양새다.

산을 오르는 지팡이 구실이
정상을 차지하는 과정을 잊은 채
안일에 안주하는 세대들이여.

그대 그리운 길잡이 정신이
영양실조를 보이오.
홍의 민족 주체다운 결의에 힘을 실어주오.

사치한 생각

언제부터였더라?
차 소리가
사람이 달리는 형상이다.

다소곳한 처신에 길들여졌어도
추위 타는 연륜은
누군가의 팔짱을 끼고 싶다.

사치한 생각에
물레방아 돌아간다.
보리 이삭 푸르러 더욱 그렇다.

상생의 본보기

환경을 가리지 않고
사람과 나무는 서로를 가꾼다.

앞서거니 뒤서거니
못다 한 이야기 같은 속내로 맺어졌다.

태양 아래 사무친 관계 잇기
그 선후를 가리지 않고

서로의 진정을 주고받는 덩치들이
공기 중에 압권인 상생의 본보기다.

광주행 특별열차

5·18 민주화 운동 42주년 기념일에
새 시대가 이끄는 광주행 특별열차가 달린다.

일회성 이벤트에 그치지 않고
해마다 실천하겠다는 발표문에 눈이 쏠린다.

신군부 폭압에 맞선 광주시민 희생정신이
국민통합의 결전장이었음에랴.

아무리 파헤쳐도 마저 알 길이 없는 진실규명이
영혼의 상처마저 아물기에 나선 행렬이기에.

오늘은 싱그러운 생각 하나로
광주행 열차의 진동을 감동적인 신호로 받아들인다.

가을이 가네

고개 숙인 행운마냥 가을이 가네.
함께한들 얼마나 가겠다고
너를 그리며 나를 헤매랴.

아슬아슬한 능선 길을
알 턱이 없는 그리움은
외로움을 마다하지 않을 일이다.

식어버린 시절인연에 맡겨진 행적이
되돌이표 구실을 마다 않고
내일을 다짐하는 오늘이어든.

백세시대

살아간다는 것이
죽어가는 것임을 아는 때로부터
아픔을 안주 삼은 술 같은 일상이
밤을 낮같이 밝히는구려.

있어도 없는 듯이 살아가자니
죽음을 문턱 삼은 백세시대가
억지 쓰지 않고 열매 맺는
무채색의 무화과를 닮아가요.

차세대 자랑

국제사회 이목이 쏠리는 곳에 돋아나는 풀포기가
수풀을 이루는 꿈길에 우리의 젊은이들이 있다.

왼발 오른발 할 것 없이 감아 차고 돌려 차는
소니의 발차기는 예술의 경지라 여겨왔지만

'솔직히 부럽다' 하는 중국발 외신에
이 세상을 나누어 가진 인간미가 두드러진다.

기쁨을 곱씹게 하는 미래가 떠올라
고루한 세대들이 지루한 줄 모르는 착각에 빠진다.

건강 다지기

창 너머 가을이 떠난 자리가
흡사 병색이 짙은 마음자리다.

나그네 언짢은 속살을 비집고
행여 바람 들면 어이하리.

가슴 가득 스산한 구름 일걸랑
비설거지 채비로 긴장을 다지자

나들이 길목이 분주하리만큼
쓰임새도 알찬 거듭나기다.

겨울왕국

하얗게 분장한 겨울왕국에
하늘나라 사투리 섞어
속삭이는 눈이 내린다.

첫 사랑놀이에 취한 눈이 와서
나를 향한 미소가 끊임없다 해도
웃어주는 이 없는 적막강산이다.

사라져간 사랑에서 답을 찾아
눈발 속에 허기진 나를 심고
군자형 하늘바라기 넋을 달랜다.

제3회

새해맞이

2022년 호랑이해가 밝았다.
한 해를 호위하는 호랑이 위용 앞에
잡다한 근심 있으리까.

희석된 감염 여파는 마스크에 잦아들고
땅 심은 농심을 도와
공간은 유쾌한 이야기로 채워지리다.

사심이 없으면 조바심도 없는 법
나를 낮추어 남을 섬기는 정신이
보호막을 치는 것으로 족하리이다.

속 깊은 재미

모으는 재미, 쓰는 재미라 하면
흔히들 돈을 생각하는데
글에 삶이 녹아드는 경우를 이름이다.

말이 많으면 허탈해질 것을
글이 책임지고 신중하게 만들어
쓰기에 익숙한 인품이 달라진다.

지우고 고쳐 쓰고 거듭나는 묘미 있어
말발이 글발로 살아남은 자리에
꼬투리 잡히는 일 없으리라.

로봇시대

인위적인 세상 해결사!
로봇이 성장을 돕고 있다.

상대적인 반응이 엎치락뒤치락
새치기에도 반응이 없는 로봇시대가 열렸다.

놀라움이 경계를 허무는 어디쯤에 꼭지가 있고
그 어느 시점에 평정이 있을 텐가.

생명 연장 전선마저 로봇이 지키는 판에
죽음을 끄덕이는 나이가 있을손가

거덜 난 젊음이,
몸살 난 사랑이,

놓치고 사라져도 그만인 시를 파종한다.
시적 쾌감으로 얼룩진 영감이 수명을 늘인다.

그 집

열선이 지나는 응접실 바닥
담요 밑에 발을 넣고 있으려니
울컥하는 그리움이 포물선을 그린다.

맞은편 자리에 있어야 할 사람들은
모두들 어디로 가버린 거야.

대청마루에 이어진 툇마루가 삼면을 돌아
놀이터 구실을 하던 다락방에 오르면
특별해서 우쭐한 우리들만의 어린 시절이었지.

아버지 가시고 떠난 그 집 못 잊어
술 한 잔에 눈물 반 잔이던 오빠 생각에 물안개 핀다.

'내가 성공하면 일착으로 그 집을 다시 찾을 거야.'
그 꿈이 삼켜버린 평안을 해몽 삼아
하늘나라에서는 부디 행복하소서.

간접체험

영상 앨범에 도사린 산은 계절별 풍경을 자랑하고
간접체험이 거느린 계곡은 억만 년을 증언한다.

젊음은 걸어서 세계 속으로
노년은 앉아서 화면 속으로

위험을 감수한 결과는 보람을 찾고
안전을 담보한 순간은 은혜롭다.

몸을 쓰는 모험 속 기행의 의미가
재탕을 해도 신선한 까닭이 관계를 맺는다.

산란장 이변

기온차로 암수가 결정되는 거북이는
기후 온난화 직격탄을 맞아
수컷이 태어날 가능성을 잃었단다.

마지못해 뻗은 전문가의 손길이
온라인 세상을 장식하는 자리
발등에 불은 껐다고 치자.

환경보존 대의를 벗어난
근본적인 대책을 알고 싶다.
테두리에 갇힌 그 무엇이 이보다 간절할까.

다시 찾은 일상

이 얼마만인가!

일상을 되찾는 발걸음에 조심성이 묻어난다.

비정상의 정상화는

인내와 끈기의 산물이다.

곳곳에 닫혀있던 제철 행사 열리고

자유로운 인파는 자치단체 힘을 실어줘

마스크에 막혔던 불통이

해묵은 체증 해소의 지름길을 열었다.

환절기 감기 조심하듯

다시 찾은 일상에 소홀함이 없을지어다.

해파랑길

설 연휴 한가한 때를 맞아
추위는 매섭고 사람은 드문 날에

동해안 해파랑길이 열리니
무소식이 환생한 희소식 못지않다.

누워 있는 부채꼴 해안절리에
생명을 불어넣는 파도소리는

거칠수록 생방의 애착을 드높여
붙박이 삶 노년층을 영양 만점이게 한다.

문화의 고질성

위장이 없는데 무슨 음식 대접이냐.
응감을 하라니 그렇게 욕될 수가!

제사 문화가 조상의 품격을 해친다는
그 옛날 현자의 말씀을 감히 아뢰옵니다.

집안의 대소사에 골몰한 농경사회 전통이
정보통신 위주의 급물살을 대처할 수는 없습니다.

당신이 당사자일진대
자식 세대에 미루지 말고 과감히 단행할 일입니다.

민족 고유의 미덕은 전승자 정성에 맡기고
우리는 그 정성에 물든 겸양을 익히리다.

제4회

자화상

말상대가 없어 억지 침묵에 들었어도
꽃잎처럼 붉은 가설을 함께 하면서

지금이 지닌 최고의 가치로부터
잦은 산고의 혜택을 맛본다.

실례를 무릅쓴 노화현상이
목숨 건 나잇살에 초연하고자

젊음이 두리둥실 떠도는 작품 속
요행을 쉼표처럼 다룬다.

얼마나 갈지, 어떻게 될지는 몰라도
내려놓기 싫은 장점을 살리는 자화상이다.

단비

갈증으로 갈라진 땅에
구원의 손길인 양 단비가 내린다.

비를 실은 바람은
사람의 진정을 어루만지고

살맛을 되찾은 것들의 어깨춤 춤사위는
행복이 무엇인지를 알린다.

농심이 고액권처럼 자리한 터전에
제철 말씀같은 단비가 온다.

추억의 파편

잊어라, 잊어라, 잊어버려라.
굉음을 울리는 불꽃놀이가
나그네 실상을 자극하고 있다.

돌아보자니 중심이 무너지고
그냥 가자니 가슴이 무너지고
연고 없는 사연들이 약발을 받는다.

사사건건 이끼 푸른 추억의 파편들이
실상을 드러내는 밤에
초대받지 않은 평안이 불꽃을 삼킨다.

범인의 얼굴

전쟁이 부른 참상이
지구촌을 지옥이게 하는 와중에
전쟁을 일으킨 범인의 얼굴이 화면을 채운다.

사람들이 살고자 하던 세상에
당사국 양 갈래 희생은 물론
민간을 향한 살인 행각이 줄을 잇고 있다.

피난길 아이들 울음소리가 별난 중에
포화는 시가지를 휩쓸고
각종 보호시설 참화 영상에 세계가 소스라친다.

지상의 평화를 삼킨 분노가
정치적인 이유로 희석되는 세계사는 사라져라.
국제사회 정의는 인류사에 도리를 다하라.

생각을 달려

둥지 틀고 가지 친 뒤
삶의 무게에 묻혀 있을 때는
나만의 가치를 살릴 길이 없더니

생각을 달려
공간을 무릅쓴 마음자리에
다림질 버릇이 구김살을 편다.

과거사는 윤기를 되찾고
실망시키지 않으려는 의지가
지혜로 탈바꿈한 수확이 지천이다.

믿음의 아들

아무 때나 전화 한 통이면
목숨 걸고 지켜주는 119 있어
의지할 곳 없는 마음들이
피붙이 이상의 믿음을 갖고 산다.

산세가 험하고 가팔라
들것을 쓰지 못한 대원들이
번갈아 구조 대상자를 업은 광경에
국민 아들 등에 업힌 체온이 느껴진다.

알뜰하게 세금 바친 우리 모두가
그들의 처우를 개선하는 복병이 되고
위험수당 상향 조정으로
그들의 사기를 높일 일만 남았다.

몸 따로 마음 따로

일심동체이거니 했었는데
몸 따로 마음 따로
믿음은 줄고 불신은 늘고
서로가 서로의 눈치 보며 산다.

부쩍 늙은 사정을 용케도 알아본
시대성이 유행처럼 번진 근간에
현대판 고려장은 몸에 있지 않고
바람받이에 내몰린 마음에 있다.

이름 있는 날이거나 명절이 오면
행여 바람 들세라 친지 간에 눈치챌세라
자손을 향한 일념에 심지를 밝혀
안녕에 감사하는 집념에서 힘을 얻는다.

핵이 무엇이라고

기술개발 경쟁의 총아이다가
최고의 안보대책 수단이다가

바야흐로
공갈을 일삼는 공멸의 주범이다.

선후를 가리지 않게 된 이제 와서
그 존재감이 절대적일 리 없는데

자리 보전 수작에 걸린 핵이
무작위 무덤을 파는가 보다.

마음의 물갈이

웃다가 울다가 앓다가
무릎이 닳고 사는 관절통에
호된 처분을 내린다.

"걷지 않으면 굶길 것이야."

움직임도 다양하게 걷고 또 걸어
다리는 밥을 벌고
마음의 물갈이는 자신감을 굳혔어라.

'지화자 좋은 거, 혼자라도 좋은 겨.'

제5회

리듬타기

멋을 알고 응용하는 리듬타기가
아무렇게나 노출된 때로부터
주변을 휘젓는 마구잡이 행태가
말없이 바라보는 마음을 그르친다.

어쩜 그리들 경박한지
멋은 없고 흉만 남아
품격을 귀히 알던 고유의 민족정신이
허기질 노릇이다.

우리끼리 즐기던 옛날이 아니다.

은연중에 세계를 떠도는 영상이

해외 동포 자부심에

약이 되고 낙이 되는 렌즈 속 세상이다.

섬 안개

섬에 와서 만난 봄 안개는
보는 것만으로도 중압감을 느낀다.
황사와 미세먼지와 바다 안개가
삼중주 봄 개그를 연출함에서다.

탁하다고 말하면 실례가 될까 봐
곧추세운 불안감을 알기나 한 듯
먼 산언저리에 안개 걷히자
해맑은 섬 사랑이 깜박이를 켠다.

잦은 섬 안개 속에 깃든 고요가
온실효과를 지니는 것으로
무덤덤한 사람 사이
지나친 세월의 여독이 풀린다.

오솔길 여정

근래에 주목한 걷기 전용 건강이
오솔길 여정에 명운을 걸었다.

햇살에 물든 시각이
적금처럼 쌓인다.

이끼 푸른 시시각각을
세상 연출 보듬듯 하는 것이다.

난간 없는 불편마저
균형을 잡아주는 암암리의 역할 담당이다.

어렸을 적 어머니 품속인들
이렇듯 나만의 낭만이 깃들 염치 있었으랴.

밉상 곱상 아닌 실상

빨리 어른이 되고 싶겠지.
화장을 하면 우쭐한 기분이 들기도 하겠지.

보송한 얼굴에 분칠을 한 학생이
밉상 곱상 가리다가 놓쳐버린 날의 실상이다.

기성세대를 향한 호기심이 그르치고
지나친 관심이 진정을 해치는 경우가 잦아

신선한 세대가 갖는 철부지 행태가
말 못하는 어른의 마음을 안타깝게 한다.

가상 터줏대감

유서 깊은 문화가 각을 세운
골기와 지붕 위에 요란한 비가 내린다.

돌풍 우박 예보를 곁들인 비가 와서
삼층 높이에 자리한 시선을 압도한다.

근엄한 터줏대감 품격이
세속적인 쾌감에 노출된 이 같은 날.

수염이 긴 할아버님이
담 넘어 하늘을 살피신다면

한평생 할아버지를 불러본 적 없는
한풀이 공경의 예를 펼쳐보아도 좋으련만.

오늘

하루해를 품고 바다를 춤추게 하면서
산을 낀 명상에 성과가 없는 오늘은 없다.

영혼이 여울져 흐르는 내용은
안전장치 구실을 하고

처신이 잉태한 기대는
오늘을 기준으로 기록을 세운다.

씀씀이가 번갈아 근본을 밝히는 삶이
오늘을 유일하게 하는 기틀이기 때문이다.

발뺌 사례

식물의 새싹을 자르고
동물의 충정을 조각내는 현장에
발뺌 사례는 요지부동이다.

사람이 살고자 하는 무죄 취지가
몸집을 불리는 살상 때문에
대를 잇는 생존경쟁이 음울하다.

마땅히 사죄하는 마음 하나로 살다가
본래대로 반듯한 기적에 걸맞게
하늘길 채비에 들면 만사 길하리라.

막판 정치

다수당 정치 놀음이 정권교체기를 맞아
권좌의 흉물들이 거품을 물었다.

그 이름도 요상한 정치 전문용어가
상식이 어쩌지 못하는 범주에 들었다.

폭발 직전 화기를 가슴에 품은 민심 앞에
벼랑 끝 전술이 제 기능을 할까.

자화자찬 연기 뒤에 숨은 비리는
역사적인 거머리 목록을 채우고.

정치라는 괴물이 집어삼킨 협치는
불멸의 소화불량 증세를 보인다.

망령된 눈물

큰언니가 먼 길 가시기 전에
바지 하나를 내게 주셨다.

"색깔이나 무늬가 어찌나 명랑한지
나도 모르게 손이 간 거야.
나이가 그렇고 체면이 그래서 두고 보았는데
이제야 진짜 주인을 찾아가네."

환하게 웃음 짓던 그 모습이
퍽이나 인상적이었다.

그것이 어쩌다 이제 와서 나의 눈길을 끌었을까.
조심스레 입어보는데
주머니에 손을 넣자 휴지가 나왔다.

언니의 체온이 고스란히 남아
망령되이 눈물이 쏟아졌다.

생사가 갈라놓은 슬픔은
아물 길 없는 아픔이어라.

제6회

가뭄

눈을 뜨자 말 없는 것들이 주눅 들고
입을 열자 논두렁 각질현상이 두드러진다.

오라는 비는 안 오고 생떼 같은 땀이 흘러
허구한 날 근심을 뭉갠 먹구름이 몰려온다.

소낙비여! 쏟아져라.
도심을 떠도는 겁 없는 세대가 회개하는 길로 와라.

잘못은 내 차지요 공덕은 자식 차지라는
어버이 마음자리가 이 바닥인 걸 상기하면서.

가난 때문에

제아무리 억센 가난이라 해도
마냥 버틸 수는 없다.
시간은 갈라지고 사정은 달라지게 마련이니까.

거칠고 험한 괴로움도
더 이상 적막할 수 없는 밤도
아침을 거역하는 경우는 없음이다.

충동을 못 이긴 극단적인 선택은
믿고 맡긴 존엄성마저 죽이는 형국이니
죽을힘을 바쳐 살면 별난 일 있으리다.

절대로 있어서는 아니 되는
도피행각 죄질도 나쁜데
하물며 자식을 동반하랴.

한 이야기

외톨이 세대가 묻혀 사는 곳곳에
외로움을 아우르는 쉼터 있다.

힘없는 내력을 공유 중인 텃새는
은연중에 내공을 쌓아

각종 물밑지원은 이어져도
겉치레와 속사정이 따로 논다.

저마다 저만의 이유가 구색을 갖춘 쉼터에
오만이 빠뜨린 겸손을 쟁점화한 한 이야기.

지구촌 뉴스

안개 자욱한 새벽길에
자전거 부대가 줄을 서서 달린다.

보기 드문 물난리 불난리가
탄소중립화 정책에 근본을 두었음이라.

각종 재난 예방은 지방자치단체에
지구촌 건강 결의는 국제협약에 두어

더불어 사는 사회 일원으로
고심하고 분발하는 지구촌 뉴스 반가워라.

참다운 사람들

환경연구가, 사회복지사,
그리고 이름 없는 봉사자들.
그런 존재조차 모르고 살아온 기간이 길어
양심이 알아보는 성심이 혀를 찬다.

아름다운 사람들은 피곤에 물들어
눈 감고 귀 막지 않았어도
우리 어찌 그들을 알리요.
드러난 떠버리와 가려진 선행 사이
주춤한 때를 당해

허술한 고민은 순간을 지나치지만
남은 결의는 끝 모를 내일 위해
무지 속 더듬이가 노래하는 참다운 길을 가리라.

말잔치

청춘이 다녀간 마음자리에 씨 뿌리는 회한은
노을 빛깔 취향 덕에 턱없이 화사하다.

핵융합이 이룩한 인공태양 소식에
발 없는 천리 길 말은 염력을 갖추고

요지경 속이라던 말잔치가
막장을 향해 달리는 삶의 긍지를 일깨워

누워서 바라보는 하늘만으로도
멋진 인생이라는 인식을 뒷받침한다.

사랑해야 해

전화 한 통화면 만사형통인데
바쁜 사람 성가시게 할까 봐
그것마저 삼가야 할 즈음이다.

건망증을 근심하는 경향이 삼가
청청 하늘에 별 볼 일 있는 한
막무가내로 사랑해야 해.

기다림이 길면 속 깊은 줄 알고
뒤처지면 가진 것이 많다면서
시샘이 울고 갈 사랑을 하는 거야.

사람 조심

가을 장마가 길어 가뜩이나 심란한 날에
중년의 꼴불견 신사 왈,
팔십이 인생의 적정선이란다.

애비 없는 자식 같으니!
욕을 하고 돌아서 보니
홀어머니 딸로 살아온 내 차지가 되고 만다.

한창일 때는 사느라고 바빠
음미하고 반추할 겨를이 없었지만
은퇴 후에도 자손 돌보기에
마음 닦고 몸 만들 틈 있었으랴.

팔십에 들고서야 인생의 의미를 되새기며
동전의 양면 같은 심신을 아끼거늘,
말조심 사람 조심이 보약 버금가는 거라 믿게 되오.

중심 잡기

똑바른 자세가 정신에 있지 않고
몸에 있다는 사실로부터
나잇값이 지배하는 사람 되어진다.

바람개비 마음이 허망을 달래듯이
중심 잡기에 대처하는 어지럼증이
연륜을 지탱하는 추세라서 그렇다.

느린 걸음걸이를 몰라보는 아이들이
속도감 있게 다가오면
그 자리에 못 박힌 반응이 유일한 대응이라서.

제7회

너희와 함께였기에
썸 타나 봐
주어진 대로
공생의 의미
무리수
천사표 이웃
대설경보
내가 변했어
거리두기 지킴이

너희와 함께였기에

유쾌한 세월의 유산 같은
너희와 함께였기에
기다림조차 허허로운 미소를 머금는다.

하지만
비껴 선 요행이
당첨된 복권만 하랴

만남을 택하고 기회와 마주쳤으되
너무 짧은 머무름이
떠난 자리 공백을 감당하기 어렵다.

애쓰지 말거라.
언짢아 말거라.
만남보다 바람직한 믿음이 문안 인사에 있다.

썸 타나 봐

물 마시고 울렁출렁 사는 중에
트롯 열풍이 불어

자정을 밝혔어도
본방 재방을 놓치지 않고

다음 회를 기다리는 일정이
더없이 말쑥하니 나 진정 썸 타나 봐.

젊음에 취하고 음악에 거덜 나는 황망 중에
뜬 별이 모조리 내 별이 되고 나서

갈피를 잡을 수 없는 점수에 연연한
어깃장 본심이 샘 타거나 썸 타거나야.

주어진 대로

부드러운 인상을 강하게 하는 문신이
왜 무차별 환영을 받는지가 의아하다.

잘생긴 눈썹을 좀 더 강조하려다가
갈라진 형제 우애가
원상회복 수순 끝에 비로소 회복되었다는 소식에

박수를 보내려 만나 보았지만
옛 같지 않은 사정에 수긍이 갔다.

주어진 대로 몸 둘 바에 신중하면
누가 감히 어쩌지 못하는 위상이거늘.

공생의 의미

지구 온난화를 자초하는 요인에
일상의 선의가 한몫을 하고 있다.

편의를 위한 사소한 것들이
공생의 의미를 해칠 줄이야.

한철 살이 제철 욕심에
유독 여린 것들이 당한다니

일회용품 몰아내고 쓰레기 줄이며
세상 사는 염치에 양심을 맡길 일이다.

무리수

길은 길대로 물은 물대로 한결같은데
홍미 위주 인공지능 인사가
고정관념을 깨는 무리수를 쓴다.

잘못 짚은 가설처럼 죽은 자가 나타나
위로를 받는지, 농락을 당하는지
삶의 도리가 아닌 것만은 확실하다.

갖은 역할을 대신하고 분주한 일손을 도와
발전 저력이 성장 동력임을 과시하는 첨단기술이
만용을 부리는 꼴에 놀아난 듯 씁쓸하여서다.

실수도 오차도 감성도 없는 인공지능이
역습을 하는 사태 없으란 법 없으리니
생존권이 수모를 당하는 수작에 무슨 수 있으리까.

천사표 이웃

똑똑똑 문 두드리는 소리에 웃음이 절로 난다.
시골 살이 옛 시절이 생각나서다.

밤늦게 오순도순 할 말이 있거나
별미를 나누고자 하는 순간이다.

딸 없는 세상 살아남은 사정이 같아
녹슨 정분을 갈고닦는 마음 바닥에

몰라서 못 챙기는 구석이 없고 보니
단짝 이웃이 바로 한 시대 뒤처진 천사표다.

대설경보

눈 깜짝할 사이
공간은 안개꽃 잔치 속이다.

무릎이 빠지는 높이의 눈이 와서
축사가 무너진 화면을 뒤로하고

찌들었던 안팎 사정이
무심결을 노닐자

대설경보가 주문한 눈 치우기 활력이
귀갓길 안전에 공을 세운다.

함박눈 낭만이 진을 친 현장에
몸단장이 한창인 어둠이 내린다.

내가 변했어

눈을 꼭 감으면 별이 보인다.
어렴풋이 눈을 뜨면 네가 있다.

만져지지 않는 것들은
상식이 비웃는 고집 속 아집이다.

듣기 좋은 후렴처럼 내가 변했어.
보고픈 낌새에도 내가 물컹거린다.

다른 행성 생명체 신호 운운에
지구인의 교감이 변태를 불러

마음이 만져지는 것인가
그리움이 살얼음판이다.

거리두기 지킴이

코로나 불안이 막심한 와중임에도
각자가 갈고닦는 지킴이 정신이
거리두기 질서를 꾸려나간다.

사람이 가꾸는 사회 지침이
서로를 보호하는 근본을 살려
불편을 불행으로 보지 않은 결과다.

만사형통이면 무슨 재미냐며
주변은 정갈하게 뜻은 곧게
잘도 참고 견디는 착한 사람들.

제 8 회

몸에 밴 습관
지구촌 가족
어깨너머 세상
이상기후 이변
모범사례
막바지 겸양
앉은자리 소망
공원 팔각정
무관심

몸에 밴 습관

일상이 된 습관은
하루해가 어수룩한 새벽에 깨어난다.

고요가 고된 무사 안녕이
도마에 올라

해돋이 광명에 힘입은 날것처럼
아침을 연다.

가슴을 들먹이는 즐거움이
몸에 밴 벌거숭이 속셈이었어라.

지구촌 가족

파다한 정보의 홍수 속에는
끔찍한 우주인의 환영이 있지만

황량한 오지를 떠도는 이들은
같은 이목구비의 동질성을 만난다.

그 어떤 여건 속 생판 다른 습생일지라도
언어가 걸림돌이 되지 않는 보호본능이라니.

무조건 함께하는 하늘 아래 한 가족,
지구촌 인간애에 축복 있어라.

어깨너머 세상

이기심이 잉태한 꿍꿍이속에
절반의 어깃장이 어쩌지 못하는
K팝 시대 청춘들의 역량을 보오.

기술개발이 부른 전자제품 시장 속
어깨너머 세상을 보라구요.
굴종외교란 말을 감히 입에 담으리까.

남북으로 토막난 세계인의 시선도 억울한데
국내정치 이해관계에 엮여
위신 잃은 처신은 제발 그만두오.

변화를 이끌고 상대를 수용하는 자신감이
입지를 드러내는 그날이 이날이라오.
소신 있게 지켜보는 주인이 되어지이다.

이상기후 이변

지상에서 자초한 이상기후 이변이
지하에 메탄가스 분출을 부추긴다.

심각한 지각변동이
극지방 지층 비밀을 일깨워

폭발성 폭음을 울린 자리에
멸종된 동물의 뼈가 드러난다.

전문가의 의견이
모르고 저지른 우리의 잘못을 바로잡는다.

손쉬운 일회용품 쓰레기가
기후 위기 주범이라니
곰곰이 따지면서 처리할 단계를 기꺼이 알자.

모범사례

뭉게구름 새털구름에
필연이 관여한 바 있었던가.

스텝이 꼬이는 상대이어도
살맛 나는 서로이고 싶을 뿐이다.

왜들 그랬을까.
이념 공방이 언제 나잇값을 하던가.

불안하고 불편하고 불쾌하고
그러다 말 일도 고질병이 되련다.

눈치도 없는 정치는 꺼져라.
영세중립국 모험담이 우리를 부른다.

막바지 겸양

동식물 거처를 들락날락
어른 아이 사이를 오락가락

무던히 살아온 인생 말미에
막바지 겸양이 인상을 구긴다.

각종 반려동물이 차지한
아슬아슬한 경계 때문이다.

스스럼없는 공간을 앗아가는
이기적인 관심사에

그마저 두고 가야 할 무책임은
사회 몫인가 해서 말이다.

앉은자리 소망

여의치 않은 움직임을 위로하는
앉은자리 소망이
유산소 운동의 실마리를 물었다.

나들이 시작 시점에
생활전선 벼락치기 사고사 소식이
찬물을 끼얹는다.

몸 바쳐 목숨 바쳐
가족을 지키고 나라를 지키는 젊음은
언제나 안심하고 기량을 펼치는 세상 되려나.

산업사회 사고사 위험군의 안전은
요행에 있지 않고
책임감 있는 장치에 있다.

법망을 쓴 양심이 미래를 지키도록
숨죽여 비는 앉은자리 소망이
우리들의 한결같은 사다리 정신이다.

공원 팔각정

하루를 준비 중인 새벽녘에 공원 팔각정에서
낯선 나를 주민으로 받아들이는 관용을 익힌다.

친구네 팔각정엔
삼면을 두른 유리창이 일품이었건만
동네 공원 팔각정은
마룻바닥에 연이은 공간 일색이다.

유리벽 속에 있을 친구는 치매를 곁들여 있고
기둥 사이에 맞닿은 나는 추억을 아파하는 중이다.

부분일식을 일삼는 여생의 일정이
날로 각별한 팔각정 증상은

언제까지 나를 잡고
치매가 앗아간 보석 같은 시절 친구에 미련을 두는가.

무관심

사람 사는 세상에
무관심보다 더 큰 무덤은 없다.

내가 언제 더불어 살아왔던가를
되묻게 하는 좌절감이

오로지 자신의 부덕 탓이라는
너무 많은 체념을 불러들인다.

건망증을 근거로
살아남은 통증이 여러 갈래 치통을 닮아 있다.

제9회

너랑 나랑

과거에 뿌리를 두고 미래를 가지치기하는
과제가 숙제인 너랑 나랑.

무슨 일로 진정을 겉도는지
서로의 불편에 충실한 까닭은 오리무중이다.

없는 듯이 있는 인품과
세상을 휘젓는 성품이 만나

자기답지 않은 매력이
서로를 뒷받침하는 마력인 게지

무관심이 고작인 불협화음이
남은 날을 독식하는 이대로 서로를 용납하련다.

어르신

사철 푸념이 젊음을 건지는 현장 놀음이라면
봄가을 호사는
'어르신!'에 어우러진 한마당예우다.

속절없는 인생이 아니 사랑이
공경의 예를 갖춘 호칭에
답하는 미소는 언제나 허리가 꺾인 상태다.

부담감에 금박을 입힌 이름,
어르신에 내가 왜 이리 낯설고 멀기만 한지
비밀의 수수께끼 같은 내 안에
순진성이 무지 이채롭다.

신선한 소감

고음 경쟁이 거의 발악에 가까워
지친 청중이 머물 곳을 찾던 중에
올망졸망 눈에 밟히는 아기 싱어들이 나타났다.

묵음처리가 일품인 노랫말 사이
구슬을 굴리는 경사 났네.

숨바꼭질을 행사하는 바이러스 와중에
경제사회 전반이 움츠려 있는 터에
경쟁 일변도 공약이 배제되고 남은 신선함이라니.

죽음이 있어

갈 길이 바쁜데 무얼 더 바라랴.
있어서 고맙고 살아 있어 족하다.

이 마음 머무는 곳에
호호백발 눈이 오고

허허로운 자리를 차지한 수명에
덧나지 않는 죽음이 있어

눈치 보고 주눅 드는 불편 대신
숭고한 하늘 사랑을 한 몸에 지닌다.

추한 판세

역대급 비호감 선거전이 거리를 누비면서
대선 선심 공약이 농경사회 만석꾼 행세를 한다.

국력을 축내고 번영의 불씨를 꺼트리는 걸로
지레짐작이 가서
기초에 충실한 것들만이 보배로 보인다.

망상과 명상은 이란성 쌍둥이 같아서
명상을 하노라면 망상이 붐비고
망상을 받자 하면 명상이 시들어

지겹고 역겹고를 견주는 공방도
오늘로서 끝인가 하니
자존심이 상한 민심
절로 해맑아지는 시절 오려나 보다.

기억의 길

어린 날의 이야기가 잠들어 있는 기억의 길은
허구한 날 가고 또 가도 지칠 줄 모르는 오솔길이다.

앞만 보고 일만 하고 사라져간 사람들이
아장걸음으로도 천리를 가는 추억을 손질한다.

얽히고설킨 날의 새침데기 사연이
이제야 가슴에 와닿아

또래들을 헹가래 치는 기억은
무슨 일로 뒷걸음질을 일삼고

앞만 보는 사멸의 길은 왜
무언가를 물어물어 나를 잠들지 못하게 하는가.

알다가도 모를 일

아무리 깊은 잠결이지만
나는 아주 어린 시절로 돌아가 있었다.

누군가의 귓속말에
잔칫집을 빠져나와 무턱대고 그를 따랐다.

한참 만에 그가 누군가를 알고자 하는데
나는 나를 통제할 수가 없었다.

비로소 곁눈질에 스치는 검은 옷자락이
저승사자임을 알게 했다.

빛도 어둠도 아닌 회색지대 천 길 낭떠러지 아래
푸른 들판이 보이자 죽을 각오로 뛰어내렸다.

바닥을 감지하면서 눈을 떠 보니
온몸이 땀으로 흥건했다.

호랑이에게 물려가도 정신만 차리면 산다는 옛말이
이 같은 임사 경험을 가능케 하였음이다.

검은 웃음 하얀 울음

어느 결에 그 누가
새를 운다 하고 꽃이 웃는다 했을까.

새는 소리로, 꽃은 색깔로
태어난 보람을 한 묶음에 두고 있다.

말이 없음으로
그르치는 경우는 없는 까닭이다.

검은 웃음 머금고 하얀 울음 삼키는
인간사가 오죽이나 암담했으면.

부끄러워 죽은 무덤

오래 머물고 싶은 기억의 호롱불 밝혀놓고
사람이 그리운 시심이
도심을 도배한 선거전 홍보물 앞에 서 있다.

두 젊은 탈북민의 목숨을 진상물 삼아
눈 가리고 아웅! 하던 행태는
부끄러워 죽은 민심의 무덤 속에 안전을 꾀하고

역대급 비호감이라는 낱말이 낯설어
정치판 누더기에서 눈을 뗄 수 없는 나그네는
자존심이 일삼는 파열음을 감당할 길 없어라.

치사하고 역겨워 잠들 줄 모르는 몸값은
권력을 탐하는 구호에 가려
세계의 눈총을 아파할 틈이 없다.

제 10 회

민요 사랑

앉아서 세상 속으로

구차한 환영(幻影)

독백

함박꽃 웃음

상반된 현실

번영의 불씨

살사의 수도 칼리

경험담

민요 사랑

태어난 시점이 아리송한 민요 가락은
지역 넘어 세대 넘어 차별을 넘어
조상의 얼이 담긴 한마음 자료다.

젊은이의 사랑 타령도 늙은이의 신세타령도
통일 염원에 기가 죽은 오늘에 산다.
민요 사랑이 별난 우리가 무슨 죄로 우는 거냐.

세월의 뒤안길 갈등 속에 빠져
눈물 반, 웃음 반 향기 반인 동포여
남북을 관통하는 기적소리 챙기러 가자.

말이 엇나가고 목적이 빗나간 단절은 이제 그만
제대로 된 나라에서
민요풍 사랑을 읊조리며 살아보자.

앉아서 세상 속으로

남들은 걸어서 세상 속으로
우리는 앉아서 일상 밖으로

산허리에 주저앉은 움막이다가
시대에 뒤떨어진 원두막이다가

국적 불명의 철부지가 제격인
거친 숨소리에 동질성을 회복한다.

풀포기 나뭇가지 정신이 번성하는
트래킹 코스에 각별한 관심이

국경 너머 차별을 넘어
조건 없이 굴러온 마구잡이 재산이다.

구차한 환영(幻影)

소한에 강심이 깊어진다지만
달리는 바퀴 소리 진동에
사물의 진통이 느껴진다.

햇살은 속살을 보이고
부드러운 속내는 바람벽에 갇혔어도
그 안에 모든 것이 자격을 갖추었다.

녹색 혁명의 상징 같은 낌새가,
뒤안길에 숨죽인 봄의 환영이,
생명의 환희를 내게 알린다.

독백

한 우물만 마시고 살았어도
쥐구멍 깊숙이 볕들었어도
속살 뽀얀 진실을 살릴 길 없네.

한 번뿐인 인생도 흑색 거래도
가난에서 비롯된 가면 속의 욕심이
작가를 약자로 명맥을 이어가네.

주객이 혼숙을 하는 숙제를 안고
대물림이 두려운 한을 품고
차마 풀지 못한 경우에 굶주려 있네.

함박꽃 웃음

오랜만에 마스크를 벗고 일상으로 돌아온 사람들이
줄지어 꽃 축제 나들이에 나섰다.

살다가 이처럼 일상에 감사하는 사람들을 보다니
함박웃음 웃는 얼굴이 그야말로 함박꽃을 닮아 있다.

약재로 쓰이던 그 옛날 함박꽃은
작약이라 불리던 뿌리 소득이 일품이드만

여소야대 정치공세가 진을 친 오늘날엔
함박웃음 흐드러진 당시 약효를 찾을 길 없어라.

상반된 현실

여우비 속 물방울이 난간에 매달린다.

진주에 길들여진 습관대로
실에 꿰어 목에 걸고 싶어진다.

분단된 동포가 아사 직전이라 해도
어쩌지 못하는 동포애와 다를 바 없다.

풍년이 부른 쌀값 폭락이
상반된 현실을 통곡하는 마당에

아사자를 등지고 알곡 썩는 논쟁 있다.

번영의 불씨

적막강산 태생인 시편들이
드물게 보는 생명력을 자랑할 때마다

여름을 거스른 적 없는
한겨울 팥빙수를 생각한다.

그렇게 소통을 청하고
읽는 이의 안식에 보답하고자

번영의 불씨를 살리는 시상에
하루가 다른 건강검진을 실시한다.

살사의 수도 칼리

카리브해 일몰을 온몸으로 받아내는
칼리 삼바 축제에

각양각색 열정이
아찔한 포장 속 형태를 드러낸다.

어쩌다 마주친 행운이
인종을 한 빛깔로 물들일 때

지구를 누비는 이들의 모험정신이
소외된 계층의 안목마저 높인다.

경험담

기상 이변 탓인지, 속물근성 탓인지
음지와 양지를 번갈아가며
충동이 흔한 시절 있었다.

사람이 뜸한 빗속을 걸어
낭만은 가고 감기만 남아
지친 나를 차지하던 경험이 그러하고

양날의 칼이라는 지식을 빌어
최고의 가치를 기웃거리다가
퇴색한 불면의 밤이 그러했다.

좀 더 적극적이고 싶은데
호박씨 까는 알 박기가
먼발치 경험담을 여의치 않게 하는 주범이라서.

제 11 회

가을 타나 보다
숨은 진실
행복의 요람
제압 술
할미꽃 너스레
EBS 펭수
갈무리 정신
추위 타는 추억
인생 말미에

가을 타나 보다

한숨 소리 젖어드는 연륜에 이르렀어도
속으로는 무던히 가을 타나 보다.

전국을 누비는 사진 축제에
휘청거리는 위기가 노파심을 자극한다.

뉴스 시간 호응이 뜨거울수록
절정의 가을빛 경쟁은 다채롭고

주춤거리는 저물녘 심성을
어지럽히는 조바심만 어둠을 타나 보다.

숨은 진실

때마침 남미에 숨어 있는 매력을 찾아
아마존 밀림을 헤집는 이가 있었다.

지구의 허파라는 숲 따라 물 따라
몇 번째 원주민 마을을 거치며

살아남은 진실은 변화를 저버리고
산다는 의미는 진화를 멈추었다.

그런데, 그런대로 기고만장이던
호웅 위주 인사들의 심사가 서럽다.

세상은 무슨 조화속이기에
인성과 야성의 내막이 이다지도 천태만상이런가.

행복의 요람

심심할 겨를 없이 그립고 외로웠었지.
사는 게 그런 거라면서
이리 뒹굴고 저리 뒹굴다가
누가 볼세라 눈감고 아웅 했었지.

어디에서 이런 나를 다시 만날까
다시 만난들 지금의 나는 아니지.
인기척 없는 궁금증이나마
통 배로 흔들리는 감격시대

무얼 모르는 안녕을 고비로
행복이 공복에 다름 아닌 상태라 믿어버린다.
요람 속의 아기처럼
아기에 마음을 뺏긴 엄마들처럼.

제압 술

드러나는 현상을 지겨워하다가는
모두가 이대로 지치고 말겠다.

여소야대 정국이 웃기고 자빠진 틈을 비집고
갈지자걸음 걷는 민생이 허접스럽다.

일은 않고 입씨름만 일품인 지경에
발목잡기 손목잡기 모조리 싫어라.

다수를 찜한 술수가 관심사일 수는 없는데
어쩌다 우리가 이다지도 고달프다.

주인 행세에 할 말을 잃었음이다.
제압 술을 거느린 예감이 무르익고 있음이다.

할미꽃 너스레

부담스런 자세를 고치느라
끄응, 끙 앓는 소리가
늙은이의 운신 폭을 넓힌다.

'그 소리 그것 좀 삼갈 수 없어?'

'얼씨구! 고약한지고….'

'시방 웃는 자는 간이 부었느냐.'

'마마, 곤장을 치리까.'

할미꽃 너스레가
장수 비결에
날개를 달았다.

EBS 펭수

덩치 큰 억지 어린이, EBS 펭수가
상식을 겉도는 파격적인 언행으로
가늠하기 힘든 세상 바람받이 역할을 한다.

철딱서니 목소리하며 발 빠른 동작은
현실 벽을 허무는 매력을 더해
어른 아이 할 것 없는 흥미를 자아낸다.

더워서 어떡해, 힘들어서 어쩐담?
추상성을 넘나드는 순발력 뒤에
인간적인 고뇌 또한 탄력을 받고 있다.

그의 수명을 보장하는 수단이 되고
별난 재미를 부추기는 활력이 되려
펭수에 초점을 맞춘 나를 어찌하오리까.

갈무리 정신

꿈길 사냥에 안달하던 시절
놓쳐버린 젊음이
평안 일색 으스름 길 등대를 밝힌다.

노후를 다스리는 갈무리 정신이
심지를 밝히는 젊음 없이
우리 어찌 포장된 길을 알리오,

젊음은 떠나는 것이 아니라
영육의 결속을 다지는
에너지 산실이었더이다.

추위 타는 추억

노지에서 농익은 열매들이
작가정신을 보물이게 하는
가슴 속 요지경 속이어요.

약고 험한 세상 재주꾼들은
생애를 유린당한
남의 악몽을 아랑곳 않아요.

배려는 차지보다 큰 것이더이다.
추위 타는 추억만이 찡한 가슴에
사랑은 무슨 일로 거미줄을 치는지요.

인생 말미에

의술에 의지해 리모델링을 거듭하는 수명이
의학 발전을 모태로 기대 이상이듯이

덤으로 살아 흐뭇한 인생 말미에
지인은 어인 일로 철면피를 소개했을꼬.

잇속 챙기기에 수치심을 잊은 유씨 부자(父子)가
『역사의 이정표』 생존 기회를 앗아갔던 것이다.

죽음을 무릅쓴 한을 전화위복 에너지로
새롭게 태어난 작품의 위상이

지구에서 가장 사나운 파도가 사는
파타고니아 해안 절벽 특별열차 꿈을 펼친다.

제12회

고독사
이즈음 아이들
성스런 귀결
그림자 묘기
주름살
친구
늙은 덕목
금강송 군락지
울고 싶다

고독사

서로 편하자고 따로 살자 했는데
너무 멀리 떠나와
고독사를 수식하는 형용사와 마주친다.

날 굳이 하는 나이에
막무가내 비가 내려
근본을 적시는 적막이 묘하다.

착하고 착실하고 이롭고자 열심인데
소리 없는 호응이 있다손
설마! 하니 선의가 역주행을 당할까.

이즈음 아이들

체면에 가려
재미는 뒷전이던 때가 있었지.

막춤 추고 막말하고
예사로 망가지는 이즈음 아이들이

세대 간의 기쁨을 늘리고
웃음을 아우르는 알짜배기들이다.

박수 속에 너희는 하나로 뭉치고
우리는 허례허식이 고달픈 옛날을 잊고.

성스런 귀결

정신력을 따르느라 바닥난 전통이
소멸을 기다리는 현장입니다.

시신을 태우는 갠지스 강변에
마지못한 마음은 마냥 허공이어요.

어찌할 수 없는 결말을
넘보는 불꽃이 성스럽다니요.

치열한 삶의 최후가 연출하는 불씨에
한 많은 기원이
여한 없는 구원에 드는 처세입니다.

그림자 묘기

기적을 행사하는 그림자 묘기가
까치발 생각을 무너뜨린다.

무엇이 빠지고 무엇이 겹치는지
의문에 갇혔어도 실상은 신비다.

어둠을 조작하는 예술이게 하면서
속아 사는 재미에 맛 들인 손동작.

허공에 급급한 형태로 말미암은
사랑과 거짓이 모름지기 한통속이다,

주름살

갈수록 늘어나는 잔주름보다
더 오묘한 자연미가 또 있을까.

잠 잘 자고 일어나
팔을 들자 나타나는 짝짜꿍 줄무늬에

수고 많았다는 인사말로
허물없는 허무를 밝힌다.

늙어가는 수고를 바라보는 마음이
땅에 발을 붙인 천사이게 한다.

친구

속은 달래고
중심은 살리는 친구가 묻는다.

혼자 어찌 사냐고,
언제까지 이럴 거냐고.

문득 떠오른 생각 저만치
다소곳한 나를 나는 별자리로 몰고 간다.

'나 혼자 잘난 맛이 일품이야,
자유 평등 평화의 주인공이지.'

현대판 고려장 길 언저리에
친구가 가진 의리가 차고 넘친다.

늙은 덕목

젊어서는 알지 못한 지구촌 오지들이
늙은 날의 여유를 통해 두드러진다.

간접체험 사례는 막간을 장식하고
통신업무 막중한 책임은
돌이킬 수 없는 이유에 열심이다.

목숨 가진 것들이 끝 간 데를 모르는 호기심에
파란을 일으키는 순간마다

근본도 바람을 타는가,
인간애가 가진 덕목이 아름드리 구실을 한다.

금강송 군락지

사상 최초로 심각 단계 화재비상이 발령 중이다.

헤아릴 수 없는 삼림이 사라지고
민가가 소실된 동해안에
금강송 군락지를 지키기 위한
소방대원의 희생정신이 닷새째 밤을 밝힌다.

묵묵히 대처하는 비상사태 생존법이
국민의 관심사를 관통하면서
시공을 초월한 기원이
깊고 긴 골짜기를 물 흐르듯 하고 있다.

지성이면 감천이란 뜻이
금강송 안전을 지키고 말리다.

울고 싶다

한평생 북녘땅을 그리는 한이
이 땅을 적신 지 이 얼마이던가,

통일의 민낯을 보고 싶다.
그 듬직한 품에 안겨 잠들고 싶다.

치마폭이든 바짓가랑이든
엄마가 되고 아빠가 되는 위안일진대

토막 나고 삐걱거리고 아프다 못해
응어리가 녹아내리도록 울고만 싶다.